KB041187

지워지도
것도
사랑입니까—

지워지는 것도 사랑입니까

펴 낸 날 | 2018년 9월 10일 초판 1쇄

지 은 이 | 황경신 김원
펴 낸 이 | 이태권

펴 낸 곳 | (주)태일소담
　　　　 서울특별시 성북구 성북로8길 29 (우)02834
　　　　 전화 | 02-745-8566~7 팩스 | 02-747-3238
　　　　 등록번호 | 1979년 11월 14일 제2-42호
　　　　 e-mail | sodam@dreamsodam.co.kr
　　　　 홈페이지 | www.dreamsodam.co.kr

ISBN 979-11-6027-145-4 (03810)

이 도서의 국립중앙도서관 출판예정도서목록(CIP)은 서지정보유통지원시스템 홈페이지
(http://seoji.nl.go.kr)와 국가자료공동목록시스템(http://www.nl.go.kr/kolisnet)에서
이용하실 수 있습니다. (CIP제어번호 : CIP2018026569)

• 책값은 뒤표지에 있습니다.
• 잘못된 책은 구입하신 곳에서 교환해드립니다.

100 poems and photos
for your fragile soul

지워지는
것도
사랑입니까

황경신 글 / 김원 사진

소담출판사

프
롤
로
그

한 사람이 다른 사람을 사랑하는 일

모든 일 중에 아마도 가장 어려운 일

마지막 시험이자 궁극적인 증명

그 외의 일들은 이를 위한 준비일 뿐

_ 라이너 마리아 릴케

목 차

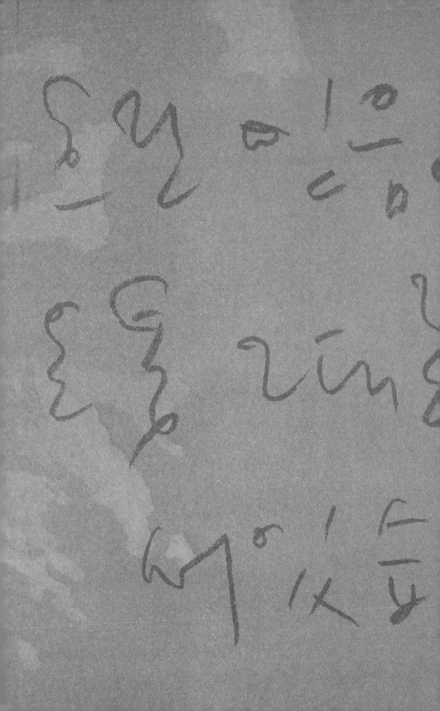

Chapter 01

흐린 믿음에도

나는 온통 그대를 향해

서 있습니다

종
이
배

하
나

접
어

어제 내린 눈이 마지막 눈이길 바랍니다
지금 불어오는 바람이 마지막 북풍이길 바랍니다
혹시 내가 그 마음 얼어붙게 한 적 있다면 이제 용서하세요
봄빛 닿는 곳마다 눈부신 빛이 일어납니다
강 위에 잠시 머물던 얼음 다 녹아 바다로 흘러가면
물속에서 놀던 고기들과 만나 지난겨울 이야기 나누다가
종이배 하나 접어 가만히 강물에 띄워 보내겠습니다

강물이 햇살 없이 저 혼자 그리 아름다운가요
봄이 겨울 없이 저 혼자 그리 눈부신가요
흘러흘러 그대에게 이르는 마음 아니라면
이 마음이 무슨 소용일까요

오래전 낙서를 뒤적여보니

내 추억의 기록은 온통 슬픔이네요

낡은 기억을 들추어보니

지금은 이유도 알 수 없는 슬픔뿐이네요

돌 하나 바람 하나 구름 하나

슬픔 아닌 것이 없네요

생각해보니 슬픔이 나를 가두고

나를 버리고 나를 만들었네요

즐겁던 사랑의 약속도

슬픔 이외 다른 것이 아니었네요

하기야 슬픔 아니었다면

그 사랑을 돌아보기나 했을까요

나 오기 전 홀로 지상에 다녀간 꽃들조차

그대 아니면 느낄 수나 있었을까요

비가 그치면 꽃망울들이 다 터지겠지요?
누군가 나를 돌아보며 혼잣말처럼 흘려 말했습니다
지금껏 물이 모자랐지요
나무들 푸르게 물 오른 거 보세요

아아 나는 몰랐지요
비가 내려 꽃잎 나뭇잎 떨어뜨리는 줄만 알았지요
채 피지도 않은 봄꽃들이 어느새 지겠구나 생각만 했지요
다른 꽃망울 터지고 나무에 푸른 물이 오르리라 짐작도 못했지요
정말 몰랐지요
그대가 주는 눈물이
내 몸 깊은 뿌리에 닿아 내가 꽃피우게 될 줄은

그러자 갑자기 세상은 눈부시게 아름다워졌죠
그대 없이도

나에게는
충분하지 못한 햇살과
완전하지 못한 빛과
가지지 못한 사랑이 있다

눈을 감으면
따뜻한 태양이 나를 간지럽히는
오월의 부드러운 잔디
위에 누워
너와 함께
행복한 내가 있다

그곳에 바다가 있었지

파도가 서늘히 부서지고

하늘은 가만히 내려앉았지

어디선가 너의 웃음소리 들렸어

깊은 바닷속 푸른 조개들

꿈꾸는 소리도 들었지

세상의 작고 서러운 것끼리 모여

바다가 되었을까

방울방울

나의 눈물도 바다로 갔지

꿈인 것들, 어쩌면 모두 꿈 아닌 것들

언젠가 함께 바다로 가자던 너의 약속

나 혼자 꿈속에 다녀온 그 바닷가

어쩌면 모두 꿈 아닌 것들

어릴 때의 내 꿈은 푸른 자전거 하나 갖는 거였다. 푸른빛 고운 자전거 하나만 있으면 어디든지 가서 무엇이든 할 수 있을 줄 알았다. 하지만 나에게는 자전거를 꼭 가져야 할 이유가 없었다. 필요한 것을 가지라고, 사람들은 말했다. 자전거는 참고서로, 옷으로, 한 끼 밥으로, 카드 할부금으로 부서져 갔다. 자전거뿐이었을까. 나는 동화를 쓰고 싶었고 연극을 하고 싶었고 사막에서 실종되고 싶었다. 바보같이 굴지 말라고, 그건 모두 쓸데없는 짓이라고 사람들이 말했다. 인생에서 쓸모 있는 것은 무엇일까. 답을 알지 못한 채 나는 나이를 먹는다. 나의 푸르고 아름다운 꿈들은 이제 먼 추억 밑바닥에 잠들어 있다. 아주 가끔, 그들을 들여다보며 바보처럼, 나는 운다.

어디로부터 왔는지 모른다, 어째서 이 여행을 시작하게 되었는지.
이름 알지 못하는 곳에 처음 이를 때마다 가슴이 뛰고 어지러웠다.
무엇을 찾고 있는 건지 그것을 찾을 때까진 알 수가 없다고, 그것
을 찾는 일은 어쩌면 중요하지 않을 수도 있다고, 나는 생각한다.
아직 이 여행을 끝내고 싶지 않다.

모든 불빛을 나는 동경한다. 그들 하나하나의 삶과 역사를 질투한다. 그들도 나처럼 사랑하고 떠나가고 세상을 헤매인다. 왜 자신이 반짝이고 있는 건지 모르겠다고 한탄하기도 한다. 깊이를 알지 못할 강으로 뛰어들기도 한다. 그렇다고 여행이 끝나는 것은 아니다. 끝이 나버리는 여행 따위는 없다. 그것이 여행의 슬픔이고 기쁨이다. 이름 모를 강가에서 나는 어렴풋이 깨닫는다.

나의 여행 역시 이제 막 시작된 건지도 모르겠다.

너무
늦게
알게
된다

나무는 나를 노랗게 물들이고 가지를 흔들어 땅으로 떨어뜨렸다
말 없는 바람이 나를 이곳까지 네려왔다
아직 여름 속에서 헤어 나오지 못하는 조약돌들과 함께
나는 가장 낮은 자세로 누워 하늘을 바라본다

내가 수많은 벗들에 둘러싸여 하늘 속에 있었을 때
내 눈은 어리고 마음은 어지러웠다, 한번쯤 나무를 떠나고 싶어
밤새 발버둥도 쳐보았다, 하지만 지금
세상엔 돌이킬 수 없는 일들이 있다는 걸 배워버린다

언제나 너무 늦게 알게 된다, 그렇다 해도
바뀌는 건 없다, 다만 이제
더욱 낮은 땅으로 내려가 잠시 쉬어야겠다

흐린 믿음에도 나는 온통

온종일 그대 오시는 길만 바라보았습니다

쓸쓸한 세월에 눈이 시립니다

얼마나 더 서 있어야 하는 건지,

서 있으면 기어이 그대가 오시기나 하는 건지,

흐린 믿음에도 나는 온통 그대를 향해 서 있습니다

머리카락 바람에 날리고 입술은 메말랐습니다
꿈 같은 건 차라리 없는 것이 좋았겠다고
몇 번씩 소리 내어 말해봅니다
무서움조차 그리워집니다

온종일 그대를 기다립니다
미친 듯이 행복했던 계절의 끝입니다

그들이 말했다 언젠가 나도 나이를 먹을 거라고
마음은 단단해지고 생각은 여물어질 것이라고
노래하고 춤추는 따위 아무것도 아닌 일
더 이상 하지 않을 거라고
사랑 같은 건 더더욱 머무르지 못할 거라고
지난 일들은 두 번 다시 떠올리지 않을 거라고

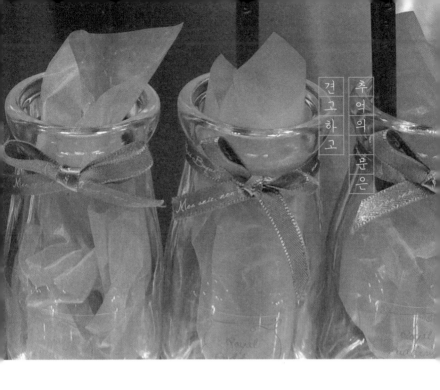

그래서 나는 빈 마음속에 집 하나 지어놓고

가치 없는 것들을 모아두었다

빛바랜 고무공, 털 빠진 강아지인형, 사금파리와 색분필들이

그곳에 살고 있었다, 밤새 눈부신 눈들이 쏟아지고 나면

수줍은 구름 하나 잠시 놀다 가고

어린 새 한 마리 종알종알 지저귀다 가는 곳

나의 사랑도 그곳에 산다, 그러나 무슨 소용이랴

추억의 문은 견고하고, 우린 쉽게도 잊어버리는데

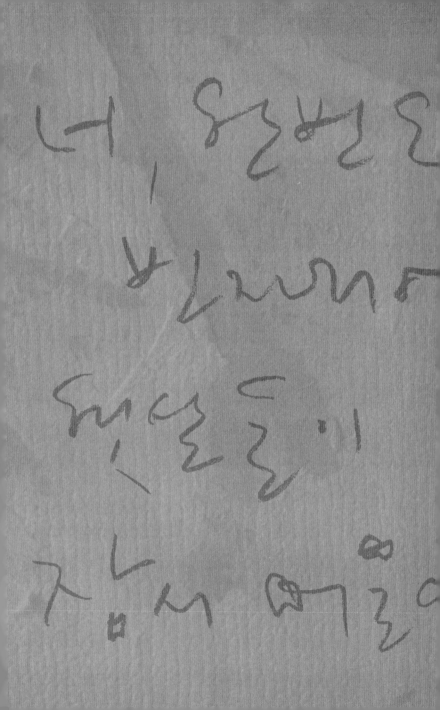

Chapter 02

너, 한 번도 앉지 않은

빈자리에 말간 햇살들이

잠시 머물다 간다

이렇게 오래 기다리게 될 줄 몰랐다
흐린 먼지들이 공중을 떠돌다가 가만히 내려앉는다
나는 눈을 비비며 추억을 잊지 않으려고 눈물을 참는다
이렇게 오래 참아야 하는 건지 몰랐다
처음 너를 만나 아무런 의심도 없이
내 마음 깊은 곳에 너를 위한 빈자리 하나 만들던 그때는

너무 많은 시간이 지나간다, 알고 있다
추억들은 눈물에 씻겨 간다, 아직은 참을 수 있다
너, 한 번도 앉지 않은 빈자리에 말간 햇살들이 잠시 머물다 간다

까맣게
잊어가지요

내게 물었지요
그 마음이 어떤 마음이냐고
그대 것이었던 슬픔들이
그 목소리 따라 내게 흘러왔지요
그날 밤 나는 보았어요 해지고 패이고 상처가 난
내 마음 나를 떠나 먼 강을 헤매는 걸
저 혼자 흘러흘러 떠돌아다니는 걸
어느 물가에 닿아 두리번거리고 있는 걸
슬픔에 잠겨 괜한 물살만 그리다 지우고 있는 걸

내 마음 혼자 텅텅 비어가고
그대 까맣게 잊어가지요
그래도 이제 곧 물가의 눈들은 녹아 내리겠지요
오래전 잊었던 그 말을 속삭이며
내 마음 톡톡 건드리겠지요

아주 사소한 것까지 나는 기억하고 있다
지친 듯 흐트러진 머리카락
쏟아지며 반짝이는 햇살
부신 눈을 가늘게 뜨고 나비를 쫓던 시선
긴 언덕에 몸을 누이고 너, 알지 못할 노래를 흥얼거렸지

너를 사랑하게 되면 다른 세상을 보지 못할 것 같아
나, 서둘러 너를 떠나보냈지, 그 이후에도
아주 사소한 것까지 나는 기억하고 있다
이렇게 말하면 너는 울겠지

우리에게 기억이란 이미
눈물 뒤에 남겨진 몇 알의 소금에 불과한 것
오래된 레코드에 남아 있는 달콤한 음성 같은 것
아직도 나는 너의 기억으로 두려워하고 있다
이렇게 말하면 너는 울겠지
봄이 오는데
이제 곧 봄이 오는데

가
지

말
아
야

할

곳

가지 말아야 할 곳이 있다
그런데 그곳에 가면 행복해질 것 같다
조금 떨어져서 생각해보라고 사람들은 말한다
나는 조금 떨어져서 내 마음을 들여다본다

내 마음속에 가지 않아야 할 이유들이 무성하게 자라나 있다
다시 보면 가야만 할 이유들이다
이유들은 저희들끼리 열렬하게 부딪치고 열렬하게 헤어진다
또 다른 한곳에서 어디까지 가나, 두고 보자는 마음이 자란다

정말이지 두고 보고 싶다, 그런데 그 마음은 흔적도 없이 사라진다
정말이지 가고 싶지 않다, 그런데 그 마음은 보잘것없이 시든다
결국 가야만 하는구나, 체념한 나는 할 수 없이 간다
사실은 가지 말아야 할 곳으로 가고야 만다
가지 말아야 할 곳이 왜 꼭 가야 할 곳처럼 생긴 건지
도무지 알 수가 없다
왜 그곳에 가면 행복해질 것 같은지
몇 번씩 가보아도 알 수가 없다

사
막
에
서

모
래

위
에
서

사막에서 모래 위에서
허겁지겁 우유와 빵을 먹어 치웠다
오래 걸었고 밤이면 잠을 잤다
지금의 단단한 빵조각도 시간이 지나면 기억나지 않을 것이다
하지만 사막에 모래에 귀를 대면
아래로 흐르는 조용한 물소리
시작이 있으면 끝도 있겠지

사막에서 모래 위에서
바람이 분다, 마음대로
흔적을 남긴다
모래도 모르고
다른 바람이 불면 다른 흔적을 그릴
모래의 속성도 모르고

내가 잠깐 움켜쥐었던

가벼운 거짓말들과
쉽게도 지쳐버리는 갈망
보이지 않는 것은 너의 마음뿐만이 아니다
우리는 도시의 끝에 이르렀고
이제 길은 없다

나를 위해 망설일 필요 없다
너의 마음 처음부터 내 것이 아니었고
비는 영원히 그치지 않을 것이다
네가 가야 한다는 것을 나는 알고 있다
이미 알고 있는 미래는
서둘러 과거로 보내야 하는 것

내가 잠깐 움켜쥐었던
작고 단단하고 날카로운 사랑
그것으로 나는 오늘 나의 마음을 부순다

알알이 영그는 포도송이 중에서
가장 탐스러운 포도송이를 따다 놓고
여름날 소나기 그친 후 무지개 뜨기를 기다린다
청량한 물기 마르기 전에
무지개의 부드러운 언저리를 떼어내고
지중해의 푸른 바닷속에서 헤엄치는
물고기 한 마리를 부른다

깊고 견고한 기다림으로
투명한 유리어항을 빚어 무지개를 깔고
보랏빛 포도알과 하늘빛 물고기를 담아 너에게 간다
기억하라, 너를 다시 만나는 날,
나는 너의 마음을 훔칠 것이다
세상이 끝나는 날까지 나만을 기억하도록
너로부터 세상의 전부를 훔칠 것이다

나는 아직도 사랑 때문에 괴롭다

나는 아직도 사랑 때문에 괴롭다
만나지 못하는 사람 때문에 괴롭다
제발 사랑이 떠나가도록 매일 빌어도
사람은 나를 놓아주지 않는다
용서하라, 내 눈이 어려 내일을 알지 못하고
단 한 번에 목숨을 던질 수 있다고 믿는다

나의 애원에 귀 기울이지 마라
너는 그저 살아가면 되는 것
지금까지 그래 온 것처럼
사랑이 깊어질수록 어두워가는 세상
이제 곧 나는 모든 것을 잃고
어둠 속으로 사라질 것이다

이것으로 충분히 행복하다
내 앞에는 가야 할 길이 있고
부드러운 빵과 신선한 물이 있다
더 이상 무엇을 바라겠는가

풀리지 않는 매듭 같은 건 세상에 얼마든지 있다
시간의 비밀을 더 이상 알려 하지 말라고
그러면 행복해질 수 있다고
달콤한 세상이 내게 속삭인다

내 마음을 어지럽히던 빗방울들은 저희들끼리 이미
바다로 흘러갔다, 다시 돌아오지 않는다
잊어버리면 행복해질 수 있다
입술을 깨물면 눈물은 흘리지 않을 수 있다

잊어버리면

행복해질 수 있다

한없이 얇고
투명해지도록

돌아보지 말아라
네가 두고 온 맑고 푸른 날들
여리고 풋풋한 네 어린 잎새에
입을 맞추던 차가운 빗방울들을
기억하지 말아라
우리 이렇게 가을 속으로 떨어져내리는 일은
또 얼마나 아름다운가

잎이 떨어지지 않으면 열매는 익지 못하고
나무는 잠을 잘 수 없다, 휘파람 불며
긴 겨울잠에 빠져드는 메마른 나뭇가지 사이로
바람은 또 어떻게 자유로이 헤매일까

그러니 한없이 얇고 투명해지도록
가장 깊은 곳까지 마지막 햇살이 깃들 수 있도록

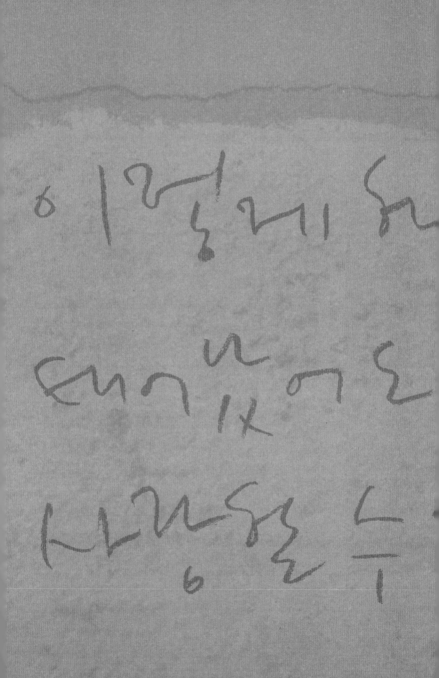

Chapter 03

이렇게 하찮은
존재로 태어났어도
그대를 사랑할 수 있나

기
다
리
는

동
안

마음속에 깊이 담아둔 어지러운 사랑의 약속을 버린다
기다리는 것들은 언제까지나 오지 않을 것이다
기다리지 않겠다, 기다리는 동안
강물은 바다로 흘러가고 바람은 산을 넘었다
나의 마음이 닻을 내린 배처럼 기슭에서 흔들릴 동안

길은 두렵고 낯설다, 그러나
또 얼마나 달콤할 것인가
나는 이제 모든 길과 사랑을 나눌 것이다

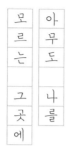

아무도 나를
모르는 그곳에

내가 모르는 그곳
한 번도 보지 못했던 풍경
먹어보지 못했던 과일과 사탕
들어보지 못한 노래들
이름 모를 꽃들의 향기

시간은 멈추어 서고 나는 한없이 낯설다
부드러운 바람은 지난 일을 잊으라고 속삭인다
아무도 나를 모르는 그곳에
내가 아직 시작하지 않은 사랑이 있다

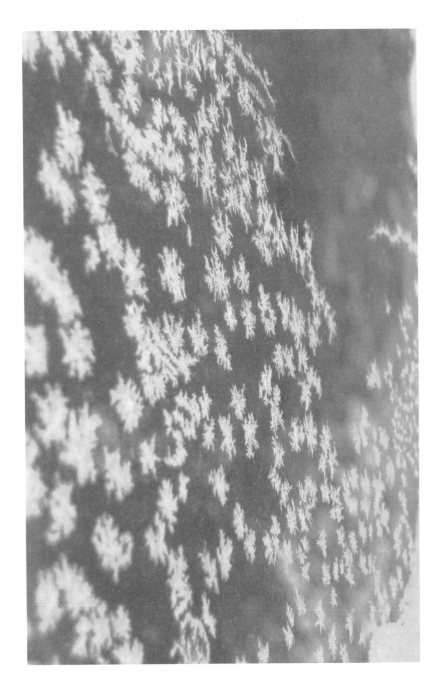

잎들이 나무에서 떨어지고 거리에서도 사라져

이제 눈이 오는 일만 남았을 때, 더 이상 기다리지 않겠다고

나는 다짐했다, 내 마음 언제나 어리고 발은 아직 가벼우니

너를 스치듯 지나치는 일 어렵지 않을 텐데

너를 노래하지 않아도 나 부서지지 않을 텐데

깊은 밤 자주 잠에서 깨어나 더듬거리며 너를 기억했던

수많은 시간들이 천천히 얼어붙는다

생각해보면, 우리 너무 오래 다른 길을 걸어왔다

누
가

믿
을
까

누가 믿을까

그렇게 어이없는 시간들이 흘러버린 것을

내가 알지도 못하는 먼 꿈을 향해

마음은 이미 떠나버린 것을

나는 상처를 입고

행복한 가지들을 원망한다

누가 믿을까

이토록 붉은 사랑을 떨쳐버리고

스스로 절망을 선택할 그들을 위해

나, 그렇게 무섭고 아름다운 계절을 견디어낸 것을

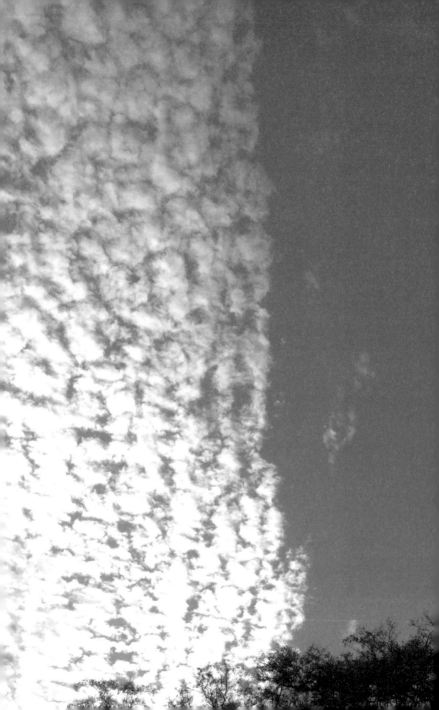

이렇게 하찮은 존재로

태어났어도

내 삶의 이력은 너무도 보잘것없어
그대에게 건네줄 가난한 낙서 한 조각 가지지 못했다
내 마음 얇고 딱딱한 종이와 같아
그대의 근심 한 점 고이지 못했다
그러나 이제 나는 날개를 펴고
추운 겨울을 가로질러 남쪽으로 간다

그리고 나는 끝없이 되묻는다
이렇게 하찮은 존재로 태어났어도 그대를 사랑할 수 있나
파란 성에처럼 맑고 단단한
하늘인 그대를

너의 창에 불이 커지고 다시 꺼지는 사이

나는 길 밖에 서서 작은 가지를 뒤척인다

네가 눈물을 닦고 다시 웃는 사이

나는 네 마음 밖에 서서 망설인다

이제 겨울 속 얼어붙은 기억에게 손을 흔들고

너는 다시 떠나버리려는 걸까

나는 숨을 죽이고 아무런 소리도 내지 못한다

네가 뒤돌아서서 나를 발견해줄 때까지

길이 보이지 않았던 것은
캄캄한 어둠 때문이었나
길이 끝났다고 생각한 것은
희미한 새벽 안개 때문이었나
내 절망의 이유는 언제나 너였고
절망에서 나를 구한 것은
너의 단단하고 따뜻한 손이었다

천천히 어둠이 걷히고
모퉁이 저편에 서서 손을 흔드는 네가 보인다
어서 가라는 뜻인가, 어서 오라는 뜻인가

길을

잃었을까

내 마음 깊은 곳에 깊고 캄캄한 숲이 있어

그곳에 발을 들여놓으면 다시는 헤어 나오지 못하리라 생각하여

언제나 깊은 곳에 숨겨놓은 채

해가 바뀌고 달이 져도 찾지 않다가

기다려도 기다려도 오지 않는 그대를 찾으러

어느 깊은 밤 나도 모르게 숲길로 접어드니

막막한 어둠이 나를 더 깊은 곳으로 끌어들인다

수많은 날들을 숲속에서 헤매다
문득 눈을 들면 깊은 숲에도 눈부신 빛
그것이 어디로부터 오는 것인지 알지도 못한 채
나의 사랑은 영원히 숲속에서 길을 잃었을까

나는 한 마리
풀벌레가 되어

내 눈이 그대를 보지 못하고 내 마음 그대를 잊는 날

나는 한 마리 풀벌레가 되어 길고 긴 노래를 부르겠다

터지고 갈라진 목청 끝으로 의미 없는 노래를 부르다 가겠다

이 세상에 풀잎처럼 가벼운 근심 하나 되지 않겠다

그대에게 사소한 한숨의 이유 하나 남기지 않겠다

내 영혼의 푸른빛이 지상에서 사라질 그날

이미 많은 비가 왔다, 지금도 충분히 어둡다
알지 못하는 시간 속에서 새 한 마리 날아올라
끝내 사라진다, 불러도 소용없다
두려운 일들은 막상 지나고 나면 별것 아니다
지쳐 쓰러지는 모습은 얼마든지 보여줄 수 있다
기껏해야 세상의 쓸쓸한 그림자일 뿐인
나의 흔들리고 어지러운 모습은

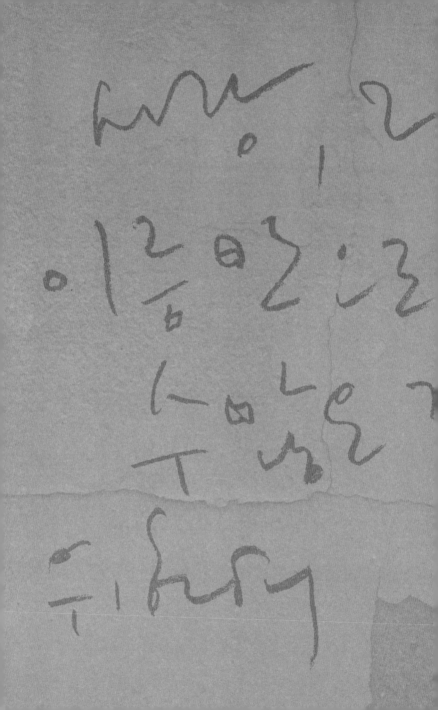

Chapter 04

사랑, 그 무모한

이름만으로 갈 수 없는

수많은 길들을 위하여

기
도
한
다

사
랑

그때 나를 찾아온 눈부신 빛이
온전히 투명한 사랑이라 생각했지
내 사랑은 욕망도 집착도 없어
완벽하고 아름다운 시간을 통과하리라 믿었지
빛으로 인해 세상은 그림자 지고
마음은 어지러운 소용돌이에 휘말리고
그것으로 내가 슬퍼졌지
눈부신 빛이 캄캄한 어둠을 만들었지

이제 마음의 그림자 위에 묘비를 세우고
기도한다, 사랑, 그 무모한 이름만으로
갈 수 없는 수많은 길들을 위하여

이 세상 끝에 사랑이 있다 하여
이 세상 끝까지 갔더니
그곳은 처음처럼 아득한 낭떠러지였다
저 깊은 곳에서 누군가 나를 부른다
내가 사랑이라고, 어서 오라고 한다
그러나 내게 날개는 없고 혼란만 있다
세월은 흐르고 나는 이곳에 앉아
슬픔도 없는 눈물만 흘리고 있다

사랑을 믿지 못하여
목숨을 걸지 못하여

이 세상
끝까지 갔더니

그럴 수 있다면
잠시 그냥 머물다 가고 싶었지
너를 붙잡을 힘도
너를 그리워하는 마음도 내겐 없어
모래알 같은 세월 지난 후에
스쳐지나온 길들을 돌아보며
한순간 사금파리처럼 빛나던 네 웃음소리를
기억하고 싶을 뿐

처음부터 구름으로 태어난 나는
바람이 부는 대로 흘러가버릴 나는

아무도 모르게

그대도 모르게

수없는 계절을 견디어왔지

나는 덜 익은 열매처럼 시고 단단하여

작은 새들을 사로잡지 못하였고

잠시 멈추어 서서 향기를 맡는 이도

푸른 껍질을 두드린 이도

내 영혼을 간절히 부른 이도 갖지 못했으나

과즙에 스며든 달콤함은

즐거이 그대를 기다려

지금 내게로 오는 그 아름다운 발자국 소리

나에겐 그런 마음이 있어

흐리고 어두운 날을 골라 네게로 흘러가려는 마음

너의 따뜻한 미소에 닿으면 나는 화들짝 놀라

무성한 꽃으로 피어나겠지만

그건 너무 아름다운 세상이어서

네게 보여줄 수가 없어

눈물을 삼키듯 마음을 삼키면

내 꿈속에 몰래 피어나는 아름다운 꽃들, 희망들

바
람
으
로

털
실
을

짜
서

잎은 지고 새는 떠나고
차가운 서리 내려 얼어붙은 숲속에서
너는 말했지, 겨울은 길고
영원히 끝나지 않을 것이라고
바람으로 털실을 짜서
너의 빈 가지 덮어주면 얼마나 좋을까
생각만 했지, 내가 너의
봄이 된다면 얼마나 좋을까

내 마음 윙윙 소리내며
빈 가지 사이를 맴돌기만 하지

이별이 나를 발견하지 못하도록

이것이 내가 걸어온 길인가
길은 늘 눈물에 가리어 보이지 않았는데
영원히 사랑하겠다는 약속도
잊어버리겠다는 약속도
너 없이 행복하겠다는 약속도
지키지 못할 텐데
소중한 것은 떠나보내야 한다고
입술을 깨물며 다짐했는데

길은 저희들끼리 흘러가고 나는 여기 남아
숨죽인 채 웅크리고 앉아 있다
이별이 나를 발견하지 못하도록
파랗게 멍이 들어가는 산, 그리고 하늘

내가 지금까지 사랑에서 한 일이라고는

이별을 서두른 것밖에 없다

추억은 내 꿈을 침식하고

서투른 맹세는 후회를 남긴다

내가 그들에게서 사랑을 구하지 않은 이유는

그들이 내가 원하는 것을 갖고 있지 않았기 때문이다

강하고 흔들림 없고 아낌없는 그들의 사랑은

숨을 죽이는 이 연약한 사랑이

처음부터 내 것이 아니었다, 내가 이별한 것은
사랑이 아니었다, 그러나 부드러운 바람에도
숨을 죽이는 이 연약한 사랑이 지금 내 손에 있다
쉽게 상처받고 흔한 눈물을 흘려도
그 뿌리는 심장 속으로 더 깊이 파고든다
이 차디찬 이슬이 언젠가는 달콤해지리라
우리가 따뜻해진다면, 이 심장이 뜨거워진다면

유리벽 너머에 그대가 서 있지. 그대가 슬픈 건지 행복한 건지 나는 알 수가 없어. 그대의 맞은편에 내가 서 있지. 내가 슬픈 건지 행복한 건지 나는 알 수가 없어. 내가 원하는 것은 맞잡은 두 손, 마주보는 두 눈, 슬픔과 행복을 함께 느끼는 심장인데. 우리들 아주 조금씩 어긋나버리는 시간 속에서, 만날 수가 없지. 불러도 불러도 대답이 없지.

바다에 가도 나는 늘 사막이었다
새 날아가고 갈가리 찢어진 마음 위로
푸르게 날이 선 바람이 불어와서
의미 없는 흔적을 남기고 간다
내 슬픔은 흔들리지 않을 만큼 깊어졌으니
이제 상실 같은 건 두렵지 않아도 좋을 텐데

파도 치고 부서지며 하루하루 깊어 가는 사막
그리고 이 긴 기다림의 그림자는 끝이 없다

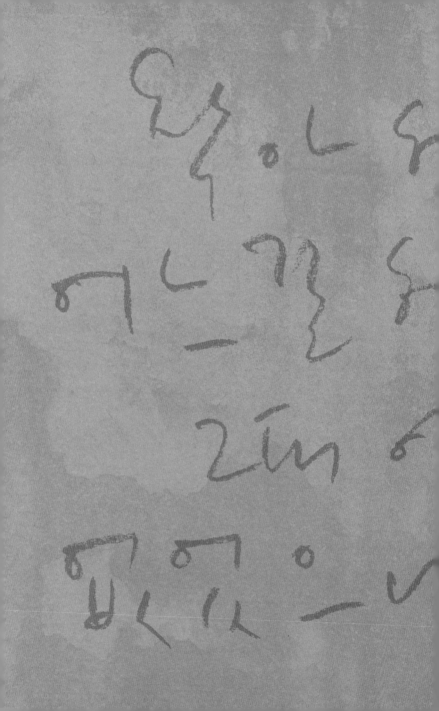

Chapter 05

찾아 헤매인 어느 길하나 그대 아닌 것이 없었으니

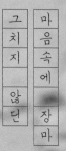

마음속에 장마

그치지 않던

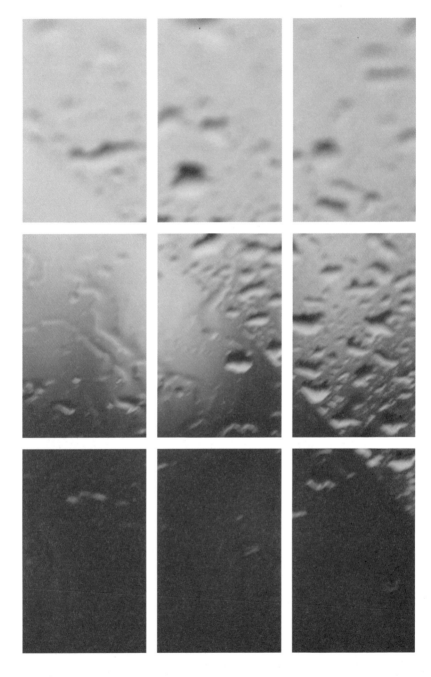

그대 있는 풍경 위로 밤낮없이 비가 내렸다
햇살을 그리다가 잠이 든 날이면
그대가 잊지 못한다던 사람의 꿈을 꾸었다

봄이 되어도 희망은 여전히 서러워
막막한 벽 앞에 서서 비를 맞는다
닦아도 닦아도 뿌옇게 흐려지는 풍경은
어지러운 얼룩을 남기고 흩어져간다

얼마나 더 오래 견딜 수 있나
마음속에 장마 그치지 않던 그해 겨울

얼어 있었다 하지만 그것도 사랑이었지요
그대 단단한 얼음 위를 걸어 내게로 오길 바랐지요
꽁꽁 언 내 마음 망치로 깡깡 부수어서
그 아래 흐르던 내 사랑으로 목을 축이던 그대
마음은 그렇게 갈라졌어도 나는 기뻤지요

날이 갈수록 햇살 따스해지고
내 사랑 스르르 녹아 형체 없이 사라집니다
기슭에 머물러 있던 배를 타고
그대는 또 어디까지 나가버렸나요
흐르고 또 흘러도 먼바다에 닿지 못하는 내 사랑
한없이 가벼워져서 하늘로 날아오릅니다

잡을 수 없는 구름이라 하지만 그것도 사랑이지요
즐거운 그대, 머리 위를 떠돌고 있다 하지만
그것도 참 기쁜 사랑이지요

Café *snack bar*

Atelier dessin *artists studio / atelié de desenho*

Glacier *ice cream / gelados*

Boutique *shop / loja*

Poste de police *police / posto de policia*

Point info *information / informaçâo*

Plage des petits *baby beach / praia dos pequeninhos*

Jeux de plage *beach games / jogos de praia*

Poste de secours *first aid / posto de socorro*

Boutique *shop / loja*

Poste de secours *first aid / posto de socorro*

Toilettes *toilets / banheiro*

Bibliothèque *library / biblioteca*

Restaurant sur l'eau *riverside restaurant / restaurante na água*

Châtelet-les-Halles · **Le Marais** · Hôtel de Ville

Le Louvre

Pont Neuf

Rue de Rivoli

Châtelet

F — Mairie

Q. de la Mégisserie

Q. Hôtel de Ville

Pont Neuf

B

C

D

E

G

H

La Cité

Cité

Notre Dame

Quartier Latin

ces aux berges
tion de métro
re RER
rrêt Batobus
ntaines d'eau potable
rrain de sport
arlemagne

그 속에 수없이

부서지는 그대

마음을 풀어헤치고 거리를 걷다보면
어디에서 흘러왔는지 알 수가 없어
욕망의 기억들은 낯설게 보이고
지켜왔던 희망도 어리석게 느껴져
세상을 거슬러가려 한 적 없어도
가끔은 혼자 남겨지는 것일까
무심하게 흐르는 시간
어지러운 햇살
그 속에 수없이 부서지는 그대

이

사

소

한

그

리

움

은

오랜 시간을 견뎌내고 이름을 얻었으나
내게는 너를 부를 목소리가 없으니
너는 어떻게 나를 찾을까

나의 모든 세계는 너에 대해 완벽하게 열려 있고
뿌리 끝 가시 하나까지 너를 향해 있지만
이 사소한 그리움은 곧 끝이 나겠지

지상에 머물 수 있는 건 어이없이 짧은 한순간
싸늘한 겨울바람의 기억이 잊히기도 전에
푸른 나무 사이로 스르르 흩어져버릴 여린 봄날

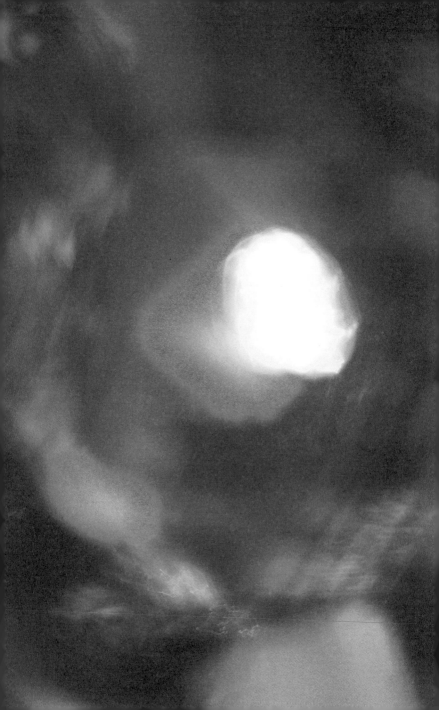

그까짓 바람 한 줄기도 상처가 되느냐고 너는 묻는다
눈물은 마르고 추억은 잊히지만
바람이 스쳐갈 때마다 나는 상처를 입는다
언제나 무너질 것들만 그리워했고
모든 것은 언젠가 무너진다

그리하여 나는 불행하다
같은 방식으로 몇천 번이고 불행해진다
그리고 여기 나의 심장이 있다
수없이 미세한 상처의 흔적으로 가득한
여태 두근거리는 심장이다

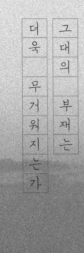

그대의 부재는
더욱 무거워지는가

이 무거움이 그대가 내게 준 것들인가
세상의 파도에 휩쓸리지 말라고
단단한 그림자 드리우고 있는가

그대의 존재를 증명하는 것은 그대의 부재
혼자 있을 때도 흔들리지 말라고
그대의 부재는 더욱 무거워지는가

눈물 마르고 천천히 빛이 번지면
슬픈 일들은 잊어도 괜찮은 건가
나는 더 이상 흩날리지 않아도 좋은가

갈피 없는 마음으로 세상을 헤매지 않아도 좋은가

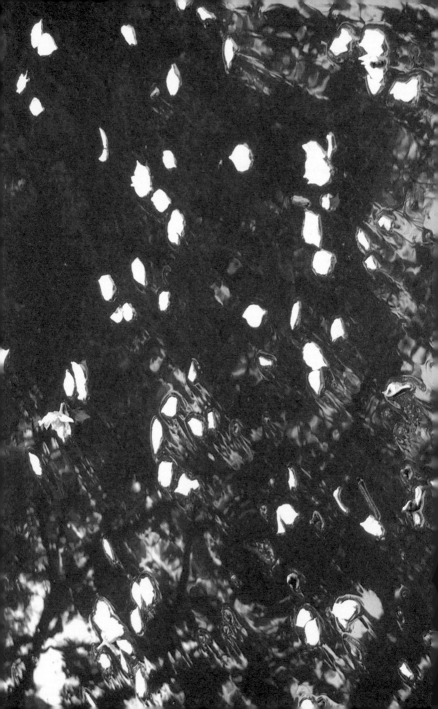

한 번도 말한 적은 없지만
나는 그대를 떠날 수가 없어요
떠나려고 발버둥칠수록
파도 같은 눈빛이 온몸을 감아오지요

한 번도 말한 적은 없지만
눈물은 슬픔의 흔적일 뿐이지요
그리 작은 것들이 저희끼리 모여
그대 이르는 모퉁이마다 함께 서성이네요

내가 그대를 떠나도
내 슬픔의 작은 흔적들 늘 그대를 따르겠지요
그대 얼굴에 그림자 지울 수 없어
나는 그대를 떠날 수가 없어요

제대로 파헤쳐진 상처가

아물기 전에

소금을 뿌리고

따사로운 햇살에 내다 걸어

꾸득꾸득해지도록 말린 다음

해 질 무렵

서늘한 이슬 피해

처마 끝에 옮겨 단다

몇 날 며칠 지나

수분이 모두 빠져나간 상처를

단단한 기억이라 부른다

기억을 곱게 다림질하여

빈 서랍에 담아

캄캄한 어둠 속에 묵힌다

오랜 세월 흘러

어느 날 문득 꺼내어본

그 추억은 아름다워라

얼마나 오래 거기 서 있었던 것이냐
다시 가을이 들판을 메워
불어오는 바람에 나는 몸을 떤다

누군가의 긴 그림자에 가리워
어두워진 길을 따라 걸을 때

너는 이미 내게로 온 것일까
이미 떠나간 것일까

네가 서 있던 그 자리
너의 그림자 안에
짐처럼 무거운 가을이
가을소리 내는 푸른 벌레들이
내 눈처럼 울고 있다

그
대

뒤
에

또

그
대

그 마음에 이르는 길 찾아 헤매다
계절의 끝까지 왔습니다
바람도 나무도 낯설지 않아
이곳에서 태어나 죽어도 괜찮겠습니다
길 같은 건 처음부터 없었다 해도
서럽지 않겠습니다

나무 뒤에 나무
바람 뒤에 바람
그대 뒤에 또 그대
수많은 그대와 이별을 하고
수많은 그대를 다시 만납니다
찾아 헤매인 어느 길 하나
그대 아닌 것이 없었으니
이제 여기서 죽었다 태어나도 괜찮겠습니다

Chapter 06

하지 못한 말들은

칼날이 되어 따가운 봄빛 속에

무심히 반짝인다

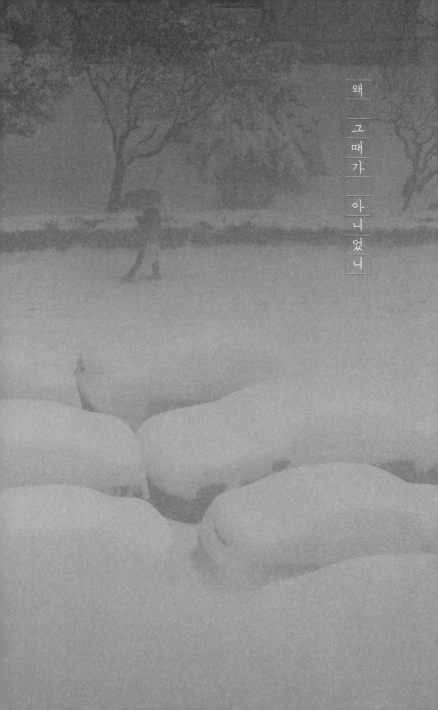

왜 그때가 아니었니

눈 아래 얼음 아래 강 아래

강물을 거슬러 올라가는 고기들을 보았어

그러나 밖은 한겨울

응결된 시간은 거스를 수 없으니

가장 낮은 곳으로 흐르고 있는

그 마음을 내게 얘기하지 마

왜 그때가 아니었니

차가운 풍경 속에 그대 남겨두고 떠나온 나는

이미 견고한 삶을 세웠으니

다시 거슬러 올라갈 수 없는걸

지금에 와서 뒤돌아볼 수는 없는걸

어쩌면 내 마음
종이로 만들어진 것 같아
작은 상처에도 구겨지고
눈물에 쉽게 젖어버려
누군가 슬쩍 건드릴 때마다
바스락, 하는 소릴 숨길 수 없어

바람을 타고 하늘로
자꾸자꾸 날아가고 싶어해
저기 봐, 눈부신 하얀 구름 사이
나풀거리는
투명하게 내비치는 나의 마음
한 조각 종이처럼
그대에게 이르러 무엇이든 되고 싶어

내 마음 차갑다 하지만
그것이 나의 속성이지요
얼음 같은 심장 꽁꽁 얼려두지 않으면
햇살에 녹고 바람에 흩어져요
녹아내린 심장은 끝없이 흐르다
그대 발끝에 이를 테지만
그 마음의 단단한 문을 어찌 열까요

두려운 나는 캄캄한 밤중에 홀로 일어나
스스로 심장을 동여매지만
꿈같은 햇살을 안고 먼 길을 걸어
그대 나를 찾아올까 혹시 하고 기다려요
나를 이루는 몸과 마음이
전부 녹아버려도 좋겠다 생각하며
온종일 온종일 혼자 서 있어요

조
각
달

하
나

한낮의 태양은 기억을 흐리게 한다
그리고 영혼에 뚜렷이 새겨진 이별처럼
눈부신 노을이 스러진다
언제부터 거기 있었을까
차고 맑게 응고된 조각달 하나
빛도 없이 혼자 떠 있다
이제 겨우 추억으로부터
도망치지 않게 되었는데
넌 왜 행복해지지 않은 거니
안녕, 짧은 인사를 던지고
나는 캄캄한 밤 속으로 걸어 들어간다

나의 겨울은 봄을 믿지 못해 서러웠는데
길고 깊은 밤 찬 서리 내려
다시는 태양을 볼 수 없으리라 생각했는데
꿈은 무겁고 사랑은 두려워
살아 있는 동안 이룰 수 없다 생각했는데
하여 세상이 끝날 때까지
길을 잃고 떠돌아다닐 줄만 알았는데

바람은 먼 태양의 온기를 싣고
겨울을 통과하여 내 마음에 이른다
나도 바람을 닮은 사랑을 하고 싶은데
눈부시지 않게 뜨겁지도 않게
다만 그대 마음에 부드럽게 닿는 노래가 되고 싶은데

시절은 내게 어지러운 낙서를 남기고
우리가 알지 못하는 곳으로 흘러간다
그대가 내게 주고 간 서늘한 상처도
추억의 마지막 온기와 함께 사라진다
내가 지니고 살아온 아름다움은
이처럼 버릴 것이 많았으니
그대가 목숨처럼 지켜왔던 비밀에도
이제 이름 없는 잡초들만 무성하겠지
하지 못한 말들은 칼날이 되어
따가운 봄빛 속에 무심히 반짝인다

이제 겨우

일흔여섯 번째 쯤이야

이제 겨우 일흔여섯 번째 봄이야. 봄이 간다고 서러워하다, 세월 간다고 먹먹해 하다, 꽃처럼 웃으시는 그 할아버지를 보았다. 행복한 울타리 너머 그대를 훔쳐보며 차마 소리 내지 못한 채 홀로 꽃 피우다 졌는데. 쓸쓸하다고 원망하다, 눈물겹다고 하소연하다, 부끄러워진 나는 연약한 내 사랑의 나이테를 돌아본다. 그대 둥지를 짓고 노래 부르기에는 내 마음 너무 좁으니 비바람에 흔들리지 않을 때까지 자라나야지. 서둘러 맹세한 헛된 사랑들 송이송이 떨어져 내리는, 내 서투른 봄날.

내 마음 아무리 자란다 해도

설마 하늘까지야 닿겠어요

흔들리는 소망들 헤아려보다

아득한 밤 속으로 떨어지곤 하지요

절망이 아무리 깊다 해도

설마 땅끝까지야 이르겠어요

어지러운 꿈에서 깨어나면

흐리거나 맑은 날이 눈부시지요

당신은 알아차리지 못해도

어제보다 조금 더 길어진 낮

나는 아무 데도 가지 못하고

온종일 햇살 받으며

닿지도 못할 마음만 키우고 있지요

어째서 그렇게 꽃처럼 피어났는지 그대 묻는다면
여름은 이미 뜨거운 햇살에 타버렸다 말할 텐데
어째서 그렇게 꽃처럼 향기로운지 그대 묻는다면
가을은 이미 바람에 묻어왔다 말할 텐데

나는 먼 골목 발자국 소리 헤아리며
천년 같은 밤을 기다리는데
방울방울 멍울처럼 꽃잎 떨어지고
꽃잎처럼 여린 약속 낱낱이 부서지는데

내 마음에도 계절이 있어
바람 불면 쓸쓸한 잎을 떨어뜨리고
작은 오솔길 따라 걸어간
오래전 누군가를 그리워하기도 하지
단단한 공처럼 차가운 공기
여린 호흡을 얼어붙게 하는 한밤의 서리
그리워도 그리워도 여름은 지나갔으니
이제 침묵 같은 기다림만 남았는데

그대가 내 마음에 남긴 이 길도
언젠가는 바람에 흩어지겠지
공중을 헤매는 쓸쓸한 잎들도
가을 가면 흔적 없이 사라지겠지

Chapter 07

목숨처럼 무서운 사랑도

무엇이 어떻다고

잊지 못하겠습니까

무슨 상관이냐

무슨 상관이냐
무성한 추억들은 가지에서 떨어져 나가고
이제 메마른 기억들만 바람에 흔들려도

무슨 상관이냐
눈부시게 사랑받아 아름답게 빛나던
그날들이 다 지나갔다 해도
빛바랜 마음은 더 이상 울지 않는다

무슨 상관이냐
봄은 아직 멀고 먼 꿈이니
섣부른 희망에 다치지 않을 텐데
무슨 상관이냐
이제 곧 바람에도 흔들리지 않을 텐데

계절이 흘러가 밤 길어질수록

마음이 가는 길은 여러 갈래

깊은 밤에 혼자 깨어나

유리창에 서린 하얀 김을 닦아내는 건

그 마음 중의 어느 한 가닥

새야 너 춥지는 않니

시간을 거슬러 가는 길마다
작은 새 날아와 날개를 접고
깊은 잠에 빠진다
새야 너 춥지는 않니, 중얼거리며
유리만 닦고 또 닦는 밤

아무도 없었지만 모두 다 있었네
낯선 길이었지만 눈감고도 걸을 수 있었네
꽃은 피었다 질 거라고
빛의 자리는 어둠으로 채워질 거라고
그들은 내게 말하네
길의 처음에 서 있는 내게 말하네

붙잡아도 붙잡아도 날들은 지나가고
다잡아도 다잡아도 사랑은 지나가고
모든 것은 쉽게 사라지겠지만
그러나 두 번 다시 가지 못할 길이네
혼자 남겨져도 끝까지 가야 할 길이네

그래, 겨울은 아주 추웠어
어떤 눈도 나를 위로하지 못했지
창밖에서는 온종일 얼음 깨는 소리
얼어붙은 마음을 깡, 깡, 두드리는데
그 위로 눈이 오고 또 눈이 왔지

그래, 겨울은 너무 추웠어
폭설이 내려 내 마음은 눈 속에 갇혔지
창밖에는 딱딱하게 얼어붙은 어린 가지들
비탈진 산을 내려가 너를 만나야 하는데
나는 온종일 편지만 썼다 지우지

새
들
은

모
두

떠
나
가
고

새들은 모두 잠들었네
생각 없이 서성이다 보면
내 것이 아닌 꿈속
떠나보낸 것들을 그리워하며
살아오진 않았지만
요즘의 내 삶은 아주 심심해
내 것 아닌 것들을 그리워하며
살아오진 않았지만
오래된 기억을 서성이다 보면
내 것이 아닌 너의 이름
새들은 모두 떠나가고

더
이상
자라지

않
았
으
면

해

마음의 잔가지들
더 이상 자라지 않았으면 해
곧고 튼튼한 길 하나 바라보며
번잡하지 않게 살았으면 해
당신은 나에게 흔들림 없다고 하지만
내 속의 수많은 그림자를 보지 못했을 뿐
그래도 이제는
그들이 그림자일 뿐이라는 걸 알았으면 해
빛이 지고 바람 잠들어도
많이 외롭지는 않았으면 해

내 생의 갈피갈피
메마른 너의 숨결로 베이고 찢어진 곳마다
세월은 단단한 벽을 만들고
운명을 가두어버렸구나

돌아올 날
수평선처럼 아득하여서
기다리던 벗들은
집으로 돌아가버렸구나

그리워 그리워
작은 주먹으로 아무리 두드려도
누구도 문을 열어주지 않는구나
운명의 끝자락 하나 움직이지 않는구나

잊은들
잊지
않은들

그리 멀지 않은 과거의 풍경은
미처 마르지 않은 물감으로 얼룩져 있습니다
당신이 그곳에 있을 때
당신의 부재는 치명적인 가혹이었습니다

파도처럼 흔들리는 풍경은
아득히 먼 과거를 향해 달려갑니다
당신이 그곳에 없을 때
당신의 존재는 치명적인 망각입니다

잊은들 잊지 않은들
무엇이 어떻다고 살지 않겠습니까
목숨처럼 무서운 사랑도
무엇이 어떻다고 잊지 못하겠습니까

믿을 수 있는 건 추억밖에 없다고 하면서
너는 추억 속에서 길을 잃고 울고 있다
그 빛이 바래면 모든 걸 잊을 수 있을 거라 하며
너는 튼튼한 못질로 그 시간들을 벽에 박아두었다
그러나 너는 모르지
모든 것이 이미 고정되어 있다고 생각하지
그곳에 묻힌 우리 눈물과 망설임이
단단한 추억에 미세한 균열을 만들어
시간의 기둥을 흔들고 있는데

모든 추억은 사라지거나 무너지는 것
그곳에 갇힌 채 길 잃은 네가 서러워
나는 추억 밖에서 울고 있다

먼 훗날
그대가
물으면

그 사랑이 어떠했냐고 먼 훗날 그대가 물으면 어떻게 할까
눈물은 모두 바람에 말라버렸다고 대답할까
그대가 허락하지 않았던 눈물 때문에
내 마음도 서걱서걱 말라버렸다고 대답할까
그리워한 시간들은 모두 모래알이 되어
그때부터 사막 하나 지니고 살았다고 할까
아직도 사막 언저리 어딘가에
그리운 그대가 서성인다고 할까

먼먼 훗날 그대 내게 그 사랑을 물으면 어떻게 할까
세상의 아름다운 것들은 모두 그대에게 있으니
나에겐 처음부터 사랑이 없었다고 할까
그대 사랑한 것은 거짓이라고 할까

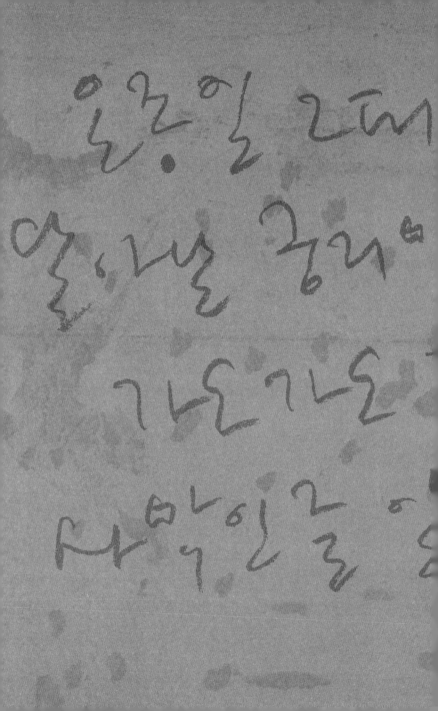

Chapter 08

운종일 그대에게서
달아날 궁리만 하던 그땐
가도 가도 깊은 사막인 줄
알았습니다

마치

그러리라

작정했던 것처럼

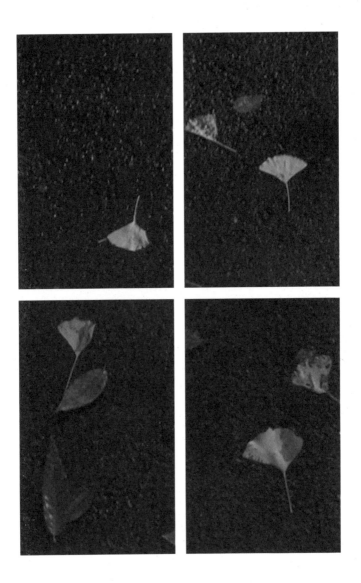

그리고 가을이 되었다
여기저기서 마른 잎들이 타올라
연기는 바람에 날린다
검은 손과
말라붙은 눈물의 너를 꿈꾸며
나는 오래도록 서 있었다
푸른 서리 내리는 어두운 길 위에서

나는 어느새 떠나와 있었다
쉽게, 마치 그러리라 작정했던 것처럼
후회는 없다, 그러나
누군들 변해버린 자신을 용서하겠는가
변명처럼 한숨을 쉬며
나는 오래도록 어두워진다
이 창백하고 불완전한 길 위에서

지워집니다, 지워집니다,
되뇌며

나는 폭설 속에 갇혔습니다
병아리처럼 솜털처럼 여린 것이 그대 마음인 줄 알고
달아날 궁리도 못했습니다
하루이틀 계절이 지나고 막다른 곳에 이르니
헤아릴 수 없는 사랑도 쉽게 지워집니다
지워집니다, 지워집니다, 되뇌며 나는
차고 단단한 결박 속에 갇혔습니다

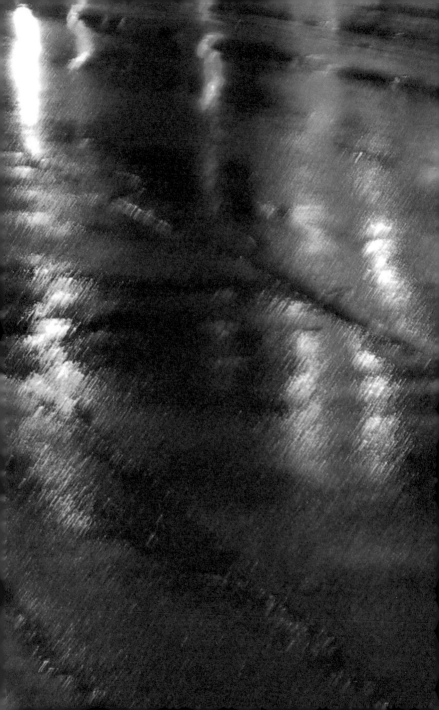

끝
이

없
다

봄을 기다리니 한겨울의 추위 끝이 없다
꽃 피우는 나무 길고 긴 잠 끝이 없다
사랑을 하니 불안한 마음 끝이 없다
갈망이 있으니 절망 또한 끝이 없다

다행이다, 살아 있으니
마음은 수천 개의 상처로 얼룩진다
다행이다, 꿈을 꾸니
길은 수천 갈래로 뻗어간다

얼룩진다

단단하고 거친 것도 가끔씩 투명해질 때가 있다
집으로 돌아가는 저녁, 검은 아스팔트는
한낮의 눈부신 기억들로 얼룩진다
하지만 그것이 영원히 계속되진 않는다

거칠고 단단한 마음을 투명한 눈으로 들여다보며
당신은 운다, 나를 위해 운다
내 마음은 그때의 아름다운 기억들로 얼룩진다
하지만 그것이 운명을 바꾸지는 못한다

온종일 내리는 비는 아스팔트의 기억을 호출한다
나는 안녕, 이라고 말하며 당신을 떠난다

지워지는 것도
사랑입니까

흐려지는 것도 추억입니까

지워지는 것도 사랑입니까

날아가는 것도 꿈입니까

잡을 수 없는 것도 삶의 흔적입니까

온종일 그대에게서 달아날 궁리만 하던 그때는

가도 가도 깊은 사막인 줄 알았습니다

기억들 알알이 흩어진 지금

나는 더 깊은 사막 속에 묻혀 있습니다

후
두
둑

떨
어
져

내
려
요

이즈음엔 도무지 당신을 꿈에서 볼 수가 없어요
아주 가끔 보여도 잡히지 않아요
너무 오래되어 세월보다 깊어진 그리움이
단단하고 차가운 유리벽을 만들었어요
밤새 당신을 찾아 헤매다 봄꿈에서 깨어나면
당신의 모습은 까맣게 지워져버려요
망울망울 상처가 되어 후두둑 떨어져 내려요

기다리는 동안
그대는 나를 까맣게 잊어줘
다른 풍경을 보고 다른 마음을 품고
다른 사랑을 해줘

그리워하는 동안
메마른 사랑은 부서져버릴 거야
시간은 기억을 집어삼켜버릴 거야
먼 훗날 내가 그대에게 이르렀을 때
그 마음 이미 텅 비어버릴지도 몰라
우리 더 이상 사랑하지 못할지도 몰라

그대는 내 마음 이런 곳에 숨겨두었구나
긴 세월 그리워서 혼자 다녀갔구나
어리석게도 난 지워졌다고 생각했구나
그대를 원망하며 다른 길을 헤맸구나

우리가 돌보지 않아도 절로 피어날 사랑이었구나
아무도 몰랐지만 눈부신 이별이었구나

하지만 이걸로 괜찮은 거니
맴도는 이름 부르지도 못하고
잊지 않았다고 되뇌는 것만으로
정말 괜찮은 거니

미소만 짓고 있다

그 마음 흐트러진 지 수 해가 지나고
지울 수 없다 했던 흔적 까맣게 씻겨가고
우리 어떻게 헤어졌지, 더듬거리는데
그대는 여전히 미소만 짓고 있었다

생각해보면 헤어질 이유는 없었는데
그저 불온한 젊음을 견딜 수 없었던 것뿐
고작 그것 때문이었어, 원망도 않고
그대는 조용히 미소만 짓고 있었다

알
것
도
같
았
지

해는 기울고 여름은 가고
신문지처럼 구겨진 나는
어디에든 숨을 수도 있을 것 같았지

여름은 가고 해는 기울고
그림자처럼 가벼워진 나는
어디로든 날아갈 수도 있을 것 같았지

목숨보다 가벼운 나는
세월보다 무거운 너를
떠날 수도 있을 것 같았지
사랑도 저문다는 것을
겨우 알 것도 같았지

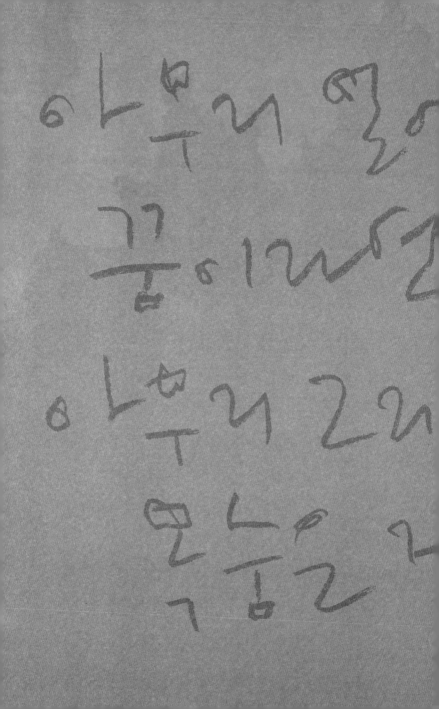

Chapter 06

아무리 멀어도
꿈이라면 닿겠지,
아무리 그리워도
목숨은 건지겠지

묻
는
다

잘 있었니, 하고 묻는다
나 없이 잘 지낼 수 있어? 라고 생각하면서
행복하니, 하고 묻는다
행복하게 해줄 수도 없으면서
내가 부르면 언제라도 와줄 거지, 하고 묻는다
부를 수 있는 이름도 갖고 있지 못하면서

창백한 달처럼 기울어져가는 가을
우연히도 만나지 못할 사람에게

꽃 피우고 열매 맺는 사랑 같은 건, 난 몰라

거칠고 텅 빈 눈으로 당신은 그렇게 말했다

이 황량함 속에서 살아남을 수 있다면, 사랑해도 좋아

건조하고 갈라진 목소리로 당신은 그렇게 말했다

단단한 흙을 파헤쳐 씨앗을 심던 내게 말했다

사랑으로 영혼을 구원할 수 있다고 믿는 건

어릴 때뿐이야, 부르튼 손을 숨기며

나는 말했다, 현명한 자의 미소를 지으며

너를 떠났다, 아무것도 숨길 수 없는 계절이 오기 전에

웃으며 헤어질 수 없는 계절이 오기 전에

그대도 알고 있잖아
욕망이라 부를 수 없는 마음 하나
숨죽여 호흡하며 살아 있는 것
나도 알고 있잖아
욕망이라 불러도 어쩔 수 없는 마음 하나
아직도 빛바래지 않고 움직이는 것

겨울이라서 다행이야
흔들리는 마음 조용히 덮어
빈 마당 한구석에 묻고
시린 바람에 얼려두자
드러나지 않도록 사라지지 않도록
시린 눈 속에 영영 얼려두자

맹세할 것 많았던 날 당신을 만나
나는 맹세했지
칼날 같은 세월과
별 하나 없는 캄캄한 운명을
거스르겠다고
반짝이는 달콤한 것들을 쫓지 않겠다고
천 년 후에도 이 자리에 있겠다고

빛나는 눈물은 차곡차곡 쌓이고
꿈같은 갈증은 깊어가고
맹세할 것 많았던 날들이 별처럼 떨어지는데
운명은 변한 것이 없어
이제야 알게 되었나
처음부터 그것은
허공 위에 쓰인 맹세였다는 것을

그곳이 어디라 해도
그대 안녕하겠지
그 마음 어떻다 해도
그대 아름답겠지

추운 가지 바람에 저항할 수 없어도
하늘은 푸르고 구름은 흘러
힘겨운 영혼 그곳에 다다를 수 없어도
상처는 푸르고 세월은 흘러

아무리 멀어도
꿈이라면 닿겠지
아무리 그리워도
목숨은 건지겠지

바람은 북쪽에서 불어오고
마음은 빈 가지처럼 허망하여
슬픔도 슬픔처럼 느껴지지 않았던

그대 떠난, 그해 삼월

그 후로 봄은 몇 번이나 왔다 갔나
겨울의 죽은 심장 속에서 몇 번이나 다시 태어났나
시간을 믿지 않을 수가 없었지
바람은 방향을 바꾸고
허망한 마음은 푸른빛에 잠기고
슬픔은 슬픔 아닌 것이 되었어
이별은 투명한 봄꿈이 되었어

딸기 향기 가득했던, 그해 삼월

저
혼
자
설
레
다
가

이렇게 멀리 떨어져, 저 혼자
기다릴 약속도 없이, 저 혼자
누구의 마음 울리지도 못하고, 저 혼자
들어줄 이 없는 노래를 부르는데

아랑곳없이
망울망울 맺혔다가
총총히 떨어지는 날들
저 혼자 설레다가 떠나버린 사랑

꽃을 피운다는 건

꽃을 피운다는 건 잔인한 일이야
봄이 겨울에게 잔인한 것처럼
당연한 듯이 모든 것을 잊고
오만한 얼굴로 세상을 탐하지

꽃을 피운다는 건 잔인한 일이야
네가 나에게 잔인한 것처럼
누구를 위해 피어도 무엇을 위해 져도
그 마음에 얼룩 한 점 남길 수 없지

하지만 언젠가 나도 모르게
눈물처럼 터뜨린 꽃 한 송이는
홀로 자라며 괜찮다고 말하네
홀로 시들어 바람의 한숨이 되겠다고 말하네

조각난 그림처럼 추억은 망울망울 얼룩져 있다
눈물 속 풍경처럼 그대의 얼굴은 투명하다
언젠가 날아가버렸다고 생각했던 그 사랑은
몇 번이나 되풀이된 계절 속에 고스란히 갇혀 있다

하지만 이제 누구도 그 사랑을 보살피지 않는데
아무도 죽은 사랑을 위해 기도하지 않는데
아직도 알 수 없는 그대의 마음 때문에
고통스러운 이별은 몇 번이나 되풀이되고 있다

고
스
란
히

갇
혀

있
다

문득 생각나서 안부를 물었다 했지만
마음은 오래전 그 시간에 있었지
그대에게 이를 길은 알 수 없지만
길 잃을 이유도 없는 막막한 사랑은

아주 우연히 생각났다 했지만
마음은 지나간 그날에 머물고 있었지
어지럽게 부서지는 거품은 사라졌지만
깊고 오랜 바다에서 홀로 깨어나는 사랑은

우연히

생각났다

했지만

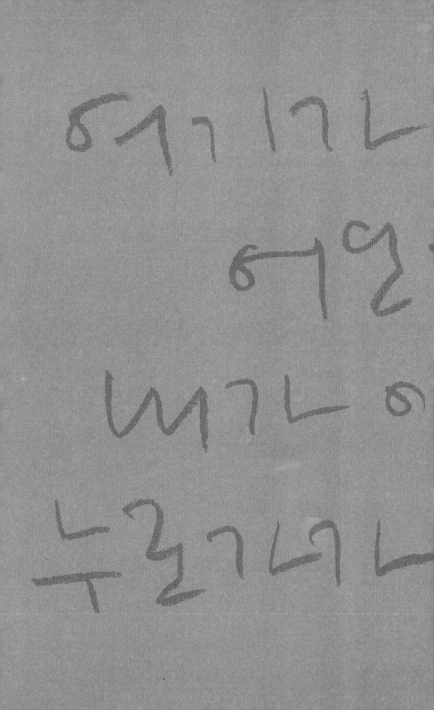

Chapter 10

여기가 아닌

어딘가로 가서

내가 아닌

누군가가 된다면

그
림
자

그리고 그의 마음속에 작은 그림자 하나 드리워졌다. 그는 그림자를 빛나게 하고 싶었지만, 빛이 깊어질수록 그림자는 어두워졌다. 그는 그림자를 알록달록한 색으로 칠하고 싶었지만, 세상의 모든 색깔은 그림자의 검은색 안에 흡수되어버렸다. 그는 그림자를 일으켜 세우려 했지만, 그림자에게는 무게가 없었다. 빛도 색깔도 무게도 없는 것이라면, 하고 그는 그림자를 잊어버렸다. 안심하고 그대로 방치해두었다.

그리고 그의 마음속에 푸른 비가 내렸다. 흥건하게 젖은 마음속에 깊은 뿌리 내린 그림자는 세상의 모든 빛과 색깔을 끌어안고 홀로 자라 있었다. 무성해지고 무거워진 그림자가 말했다.

당신은 그녀를 잊지 못하는 것이지요.

당신의 하늘은 고요히 흐려지고
나의 깊은 마음은 시퍼렇게 멍이 든다
여기가 아닌 어딘가로 가서
내가 아닌 누군가가 된다면

여기가 아닌
어딘가로 가서

그 하늘은 평화롭게 푸를까
그 마음은 무엇도 거스르지 않을까
당신을 사랑하지 않으면
당신을 사랑한 게 내가 아니면

너도 어디로든 흘러가라

이것으로 이 불온한 인연은 끝이 났다
티끌만 한 우연도 남아 있지 않으니
외롭고 헛된 영혼은
길을 잃지 않아도 되겠지

한 천 년 지난 후에 다시 만나도
내 심장은 더 이상 그대 알아보지 못할 테니
상처투성이가 되어
운명을 거슬러 가는 일도 없을 거야

그러므로 사랑아, 너도 어디로든 흘러가라
칼날 같은 가을빛에 산산이 부서질 때까지

그 순간 우리 사이를 가로막은 천 년 같은 침묵 너머로
아직 다 못한 시간이 있다는 걸 알아차렸다면
그것은 마지막이 아닐 수 있었을까

그날 고요히 내려앉은 달빛의 가루들이
마음을 어지럽히고 눈을 멀게 하지 않았다면
너는 발길을 돌려 내게 다시 왔을까

그때 나를 찾아온 완전한 사랑을 두려워하지 않았다면
그 시절 서둘러 영원을 맹세했다면
돌이킬 수 있었을까, 붙잡을 수 있었을까

돌
이
킬
수

있
었
을
까

그

사

소

한

이

야

기

는

우울하게도, 우린 결말 없는 이야기를 참지 못했지. 행복하거나 또는 불행하거나, 둘 중 하나가 아니라면 아무 소용도 없었던 거야. 눈처럼 쌓인 세월은 두께를 이루었고, 거의 잊었다고 믿은 적도 있었어. 그러나 가장 낮은 곳에서 서서히 녹아내린 그 사소한 이야기는 저 혼자 깊은 물길이 되어 흘러갔지. 마지막까지 뒤돌아보면 안 되는 거였는데, 라는 후회조차 이젠 무심하기만 해.

그래서 우린 행복해지지도 불행해지지도 못한 채, 결말지어졌지. 돌아가지도 못하고 앞으로 나가지도 못한 채, 끝이 나버렸지. 그 끝에서는 차디찬 눈과 같은 맛이 났어. 슬프도록 아무런 맛도 없었던 거야.

이 경우에
세월은 아무런 도움이 되지 않는다
굳은살이 박히고 툭, 툭 갈라진
거칠고 무심한 세월로는 막을 수 없다
둑을 무너뜨리고 바다로 달려가는
세찬 물줄기처럼 치명적인
사랑이라 하기에는 너무 차가운
메마르고 단단한 그 무엇에
마음을 묶인 채 살아가야 하는

당신과 나의 경우에는

사랑일 수밖에

없는 사랑을

사랑 때문에 모든 것을 버릴 나이는 지났지만
지금도 나는 기다리고 있지
사랑이라 부르지 않아도 사랑일 수밖에 없는 사랑을

물 흐르는 아픔과 꽃 피는 고통을 알게 되었어도
나는 언제까지나 그리워하고 있지
짓밟히고 찢어져도 죽을 때까지 사랑인 사랑을

그러나 그대는 망설이듯 망설이지 않고
가까이 있는 듯 멀어질 뿐
아무것도 시작되지 않고 끝나지 않는
늦은 겨울

아무것도 묻지 않아줘서
견뎌야 한다고 말하지 않아줘서
난 숨어서 울지 않았어

피고 지는 일들 다 싫어졌다고
따뜻한 아지랑이 어지럽다고
네게 거짓말을 했어

기다리지 않아도 봄은 오니까
애쓰지 않아도 겨울은 잊히니까
흘러가는 그 마음 잡지 않았어

나는 흙내 나는 땅속에 다리를 내리고 두 팔을 뻗어 공기와 바람과
햇빛을 온몸으로 받아들입니다, 손끝에 작은 꽃봉오리 맺히고 몸에
는 잎들이 피어나고 발끝에서 내린 뿌리는 땅속 깊이, 깊이, 비바람
이 쳐도 달아나지 않고 목이 말라도 울지 않습니다

이곳은 세상의 중심
이곳은 세상의 전부

나를 다른 세상으로 옮겨갈 수 있는 유일한 그대를 위해, 눈 속에서
도 얼지 않고 어둠 속에서도 깨어 있습니다, 어느 날 그대가 나의 꽃
에 입을 맞추며 나의 잎을 쓰다듬고 부드러운 흙을 뒤집어 나의 뿌
리를 파낼 그때, 비로소

난 다른 세상의 사소한 존재가 되어
그대 가까이

누
군
가
를

사
랑
하
려
면

누군가를 사랑하려면

싸워야 해

독이 든 사과와

매일매일의 달콤한 잠과

부를 수 없는 노래와

심장의 통증과

포기하지 못하는 마음과
또 포기하고 싶어 하는 마음에 맞서

온통 안개에 싸여 보이지 않는 세상 속에서

어떤 시간은 흐르지 않고 딱딱하게 굳어 있는 것처럼 보인다. 이를
테면 여기 이토록 긴 여름이 있다. 하긴 언제 길지 않은 여름이 있
었던가. 기억의 지층을 들추어 화석이 된 글들을 하나하나 파헤치
는 동안에도, 바람은 틈새를 발견하지 못해 발길을 돌리고, 추억을
적셔줄 비는 오지 않았다.

오래전 글들이다. 글 비슷한 것을 쓰려고 노력하던 무렵의 풋내,
글을 지어먹고 살기 시작했을 무렵의 오만, 글의 온기에 기대고 글

의 냉기에 까무러치기를 반복했을 무렵의 찬란하고 비루한 자의식

을 다시 들여다보는 일은, 오래된 상처의 흉터를 살펴보는 일과 같

다. 상처가 아물고 남은 자국은 아름다울 것도 없고 자랑스러울 것

도 없으나, 그 자국을 남긴 때와 장소, 우연과 인연, 이야기의 시작

과 끝이 거기 새겨져 있어, 최소한 진부하지는 않다. 비록 그것이

하는 이야기가 낡고 빛바랜 것이라 해도.

하지만 특별할 것 없는 작은 씨앗에서 푸른 싹이 솟아오르던 그 순

간, 불에 덴 듯 화들짝 놀란 심장에서 퍼져나오던 그 감정, 폭죽이
터지고 별똥별이 떨어지고 온 세상의 꽃이 한꺼번에 피었다가 문
득 멎어버리는, 그래서 세계가 까마득한 우물 아래로 가라앉던 그
기억은, 안간힘으로 남은 숨을 끌어모아 부르던 그 노래는, 다 어
디로 가버렸을까.

그리고 언제 끝나지 않은 여름이 또한 있었던가. 이 글에 서둘러
마침표를 찍기도 전에, 나는 가을의 적막 속으로, 겨울의 침묵 속

으로, 봄의 무심함 속으로, 또다른 여름의 난폭함 속으로 내몰릴
것이다. 그러한 방식으로 그 또한 지나갈 것이며, 더불어, 당연하
게도, 그냥 그렇게 지나가버리는 것은, 아무것도 없을 것이다. 미
셸 슈나이더의 말을 빌자면, '무언가가 완성되면서 사라지는' 순간
이고 삶이고 영원이다.

황경신

사진 위에 글을 새기고,
글 위에 사진을 스며들게 한 날들의 그 오랜 기억들.

해마다 봄이 오면 어김없이 연분홍 꽃이 피고
그리도 무심하게 꽃은 지고.

우리들의 마음도 그렇게 피고 지고 또 피고 지고.
너를 안고 나를 안고 그렇게.

또 다시 하루. 새로운 날이 열리면
슬그머니 그 시간 속에 꿈을 심고 마음을 담고.

해가 저물면 마치 아무 일도 없었다는 듯이
노을을 바라보며 비스듬히 웃어주고.

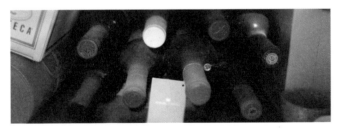

그래도 내겐 아직 열두 병의 포도주가 남아 있으니,
스스로를 다독이며 눈을 감는다.   김 원